NUTSHIMIT

UN BAIN DE FORÊT

MELISSA MOLLEN DUPUIS

ELISE GRAVEL

Je m'appelle Melissa et je suis de la nation Innu. Mes ancêtres habitent ici depuis des temps immémoriaux.

* C'est comme ça qu'on dit « bonjour » en innu-aimun, la langue des Innuat. On dit juste « kuei » pour saluer, et « kuei kuei! » quand on est vraiment contents de se voir.

Quand j'étais petite, j'avais toujours un pied dans la rivière et l'autre dans la forêt. La nature est très

IMPORTANTE

pour moi.

Cette belle nature, on la partage avec les autres nations et avec les animaux depuis bien avant qu'on nomme notre territoire le **CANADA.**

Ces nations dont je te parle, on les appelle les **PEUPLES AUTOCHTONES**.

Cela inclut les Premières Nations, les Métis et le peuple Inuit. Il y a plus de cinquante Premières Nations. Voici quelques-uns de ces peuples :

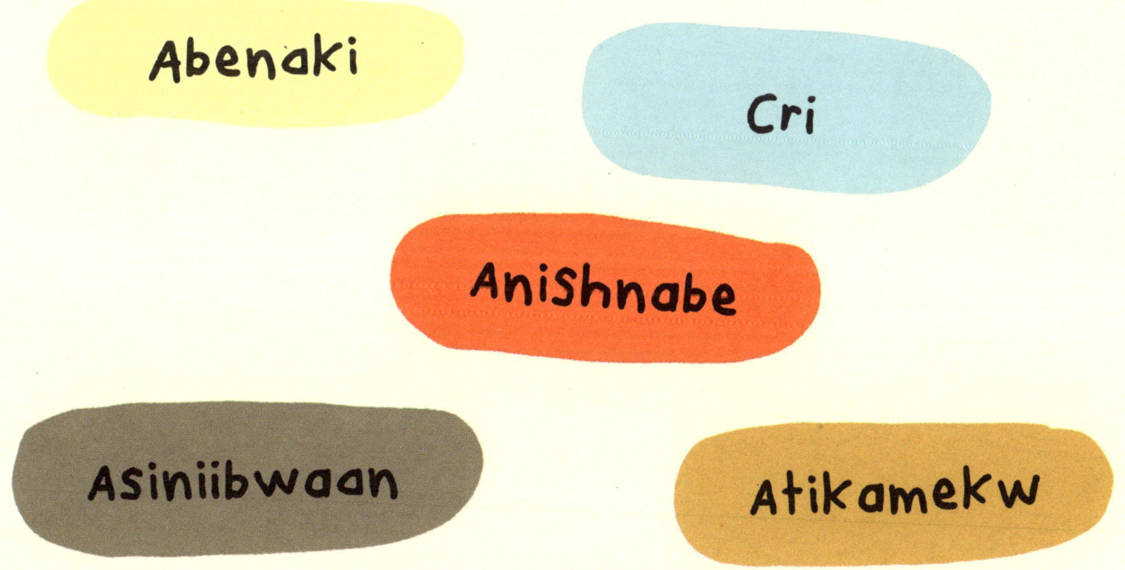

Les premiers peuples de ce territoire ont toujours raconté des histoires pour expliquer le monde qui les entoure.

Voici l'une de mes histoires préférées sur la création du monde.

Au début des temps, il n'y avait que de l'eau sur la Terre. Les êtres humains vivaient dans le ciel.

Un jour, une femme est tombée à travers un trou dans les nuages. Elle se serait noyée, mais deux oies l'ont attrapée et l'ont déposée sur le dos d'une tortue géante.

Le dos de cette tortue, c'est notre

CONTINENT,

l'Amérique du Nord. On peut y voir toutes les forêts qu'elle porte sur son dos et la vie qui y grouille.

Les Innuat ont plein de belles légendes comme celle de la tortue. Elles m'ont été racontées quand j'étais petite et, aujourd'hui, c'est moi qui les raconte à mes enfants.

Je voudrais remercier mes ancêtres de m'avoir transmis ces belles histoires et ces connaissances.

J'aimerais bien partager
ces connaissances avec toi,
si tu en as envie.

Suis-moi,
je vais te montrer
plein de trucs!

Quand je me promène en forêt, j'active mes **SENS** :

LE TOUCHER
BRRR!
L'ODORAT
LE GOÛT
MIAM!

Comme ça, je peux bien observer tout ce qui m'entoure et me plonger complètement dans la nature. C'est comme prendre un

BAIN DE FORÊT.

Souvent, les premières choses que
je remarque quand je sors dehors,
ce sont les

J'adore les arbres!

Les arbres sont tous différents et chaque forêt a sa personnalité :

Les forêts
de conifères

Les forêts
de feuillus

Les vieilles
forêts aux arbres
immenses

Les vieilles forêts
aux arbres minuscules
(la toundra)

Les jeunes
forêts aux arbres
tout minces

Les forêts
touffues où il est
difficile de marcher

Les forêts où il pleut tout
le temps et où les arbres poussent
très vite.

Une forêt, ce n'est pas qu'un paquet d'arbres! C'est une relation entre les plantes, les animaux, les champignons, les insectes, les roches et nous, les humains.

Tout ce qui vit dans une forêt est important pour sa survie.

Voici l'un de mes arbres préférés :
LE BOULEAU.
Celui-ci, c'est un bouleau à papier! C'est l'arbre le plus blanc de toute la forêt.
Il fait de petits rouleaux de papier!

J'aime le bouleau parce qu'il sert à plein de choses :

Et un tas d'autres trucs!

Avec mes enfants, quand on cueille
des petits fruits, on les dépose
souvent dans un cornet d'écorce
de bouleau pour les transporter.

① Choisis un morceau
d'écorce carré.

② Plie-le en quatre.

③ Tiens le
morceau
par ce coin.

④ Découpe
le coin
opposé.

⑤ Ouvre l'un des
coins. Voilà
ton cornet!

Voici une autre chose que j'adore
faire avec l'écorce du bouleau : du

MORDILLAGE.

Ce sont des dessins qu'on fait avec
nos dents.

Parlant du bouleau, je vais te raconter l'histoire d'un personnage important dans les légendes Innu :
CARCAJOU.
Salut!

Carcajou est un grand joueur de tours.
Il peut se transformer en toutes sortes
de choses et même prendre une

FORME HUMAINE!

On raconte qu'un jour, Carcajou a décidé
de courber les bouleaux pour enseigner
aux humains à ne pas gaspiller l'écorce
de cet arbre si précieux.

Carcajou n'est pas seulement un
personnage de légende. C'est
un animal qui existe vraiment!
On ne le voit pas souvent.
Il est timide et il aime être

TOUT SEUL.

On dit souvent que c'est l'un des animaux qui ressemblent le plus aux humains parce qu'il a

MAUVAIS CARACTÈRE.

Son nom Innu est

KUEKUATSHEU,

et les Français, en entendant
ce nom, l'ont traduit par
CARCAJOU.

Dans notre légende, il a toujours faim.
Plusieurs de ses actions ont aidé à
créer le monde. Il est à la fois un vilain
et un héros.

* Je te
remercie!

Mais il vaut mieux ne pas t'en approcher, car il est féroce. On respecte sa
BULLE!
Zut, encore un humain!

Oh, regarde! Sur le bouleau, il y a un champignon! Celui-là, je le connais, c'est le POLYPORE DU BOULEAU.
En Innu, on l'appelle PUSHAKAN.
Il est utile pour allumer des feux!

On doit d'abord le réduire en poudre avec deux pierres, comme ceci :

Pour faire un feu, tu dois toujours être avec un ADULTE

et t'assurer de choisir un espace SÉCURITAIRE.

On ne veut pas que la forêt brûle!

Commence par faire un rond de feu avec des pierres, ou tu peux faire ton feu directement sur le sable.

Place ton bois en forme de

TIPI :

Au milieu du tipi, mets de l'écorce, des
petites branches, la poudre de polypore
et des feuilles mortes.

Assure-toi que l'air circule
bien entre tes morceaux de bois.
Comme nous, le feu a besoin de

RESPIRER !

Ensuite, avec l'aide d'un adulte, tu peux allumer ton feu.

J'aime bien ajouter des branches de conifère pour la bonne odeur et pour faire des bruits de pétard.

Voici mes conifères préférés :

On peut les identifier en observant leurs aiguilles et leurs cocottes :

Le sapin

Il a des aiguilles plates et sur les côtés seulement.

Le cèdre

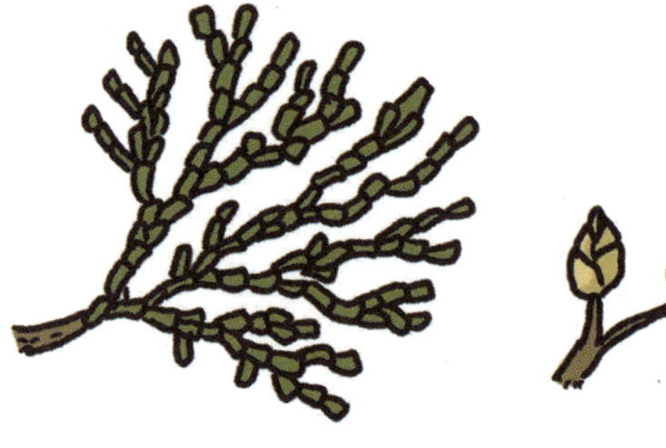

Ses feuilles sont plates et ne piquent pas du tout.

L'épinette

Elle a des aiguilles rondes et tout autour de la branche.

Le pin

Il a des aiguilles longues disposées en grappes de trois à cinq.

Regarde celui-ci, il est majestueux!
C'est un MASSISHK,
ou « cèdre ». Je suis folle des cèdres.
Ils sentent tellement BON!
Sens-moi le dessous des bras!

Ces arbres sentent bon parce qu'ils contiennent des

PHYTONCIDES.

Ce sont des substances libérées dans l'air. Les arbres les utilisent pour se protéger contre certains insectes et contre les moisissures.

Et moi, quand je respire ces phytoncides,
ça fait du bien à :

J'aime tellement le cèdre que j'en mets
PARTOUT :

Tiens, voici un ami qui aime le cèdre autant que moi! C'est un

UASHTSHESHU,

ou un cerf de Virginie.

Il est de la famille des CERVIDÉS. Je vais t'en présenter d'autres.

Un cervidé, c'est un ruminant (comme une vache) avec des bois et des sabots. Voici ceux qu'on peut rencontrer dans les forêts canadiennes.

LE WAPITI

L'ORIGNAL
(MUSH)
LE CARIBOU
(ATIKᵁ)

Pour ma communauté Innu, le cervidé le plus important est le caribou. Depuis des millénaires, il nous nourrit, nous habille et nous fournit des outils pour notre survie. Sans caribous, il n'y aurait pas d'Innuat. C'est pour ça qu'on le remercie en prière et qu'on veut le protéger.

Malheureusement, l'humain a pris tellement de place sur le territoire qu'il a envahi la maison des caribous. Il y en a de moins en moins et ils doivent se déplacer de plus en plus loin de la civilisation pour survivre.

J'aime beaucoup les gens qui travaillent fort pour protéger les caribous. Voici trois belles personnes qui éduquent la population :

Rachel Plotkin travaille à protéger l'habitat des caribous depuis longtemps, bien avant que les gens sachent qu'il était en danger.

Alexandre Shields est un journaliste qui utilise sa plume pour donner une voix aux caribous, aux baleines et à plein d'autres êtres vivants.

Sylvie Basile vient de ma communauté. Elle fait partie d'une famille qui partage et protège la tradition Innu. Elle m'a transmis des connaissances sur le caribou et bien d'autres sujets importants.

On pense souvent que les chasseurs sont le plus gros problème des caribous, alors que c'est un peu le contraire. Les chasseurs Innuat, par exemple, ne chassent que pour se nourrir et se sentent responsables de la santé de tous les habitants de la forêt.

Mon nimushum*

* Mon grand-père. Son nom veut dire
  « de la forêt ». C'est drôle, non?

La nourriture des caribous est le UAPITSHEUSHKAMIK^u, qu'on appelle aussi mousse de caribou ou

LICHEN.

C'est l'une des plantes que les caribous peuvent trouver même en hiver.

Les Innuat utilisent le lichen pour toutes sortes de choses.

Comme matière absorbante pour les couches et les menstruations.

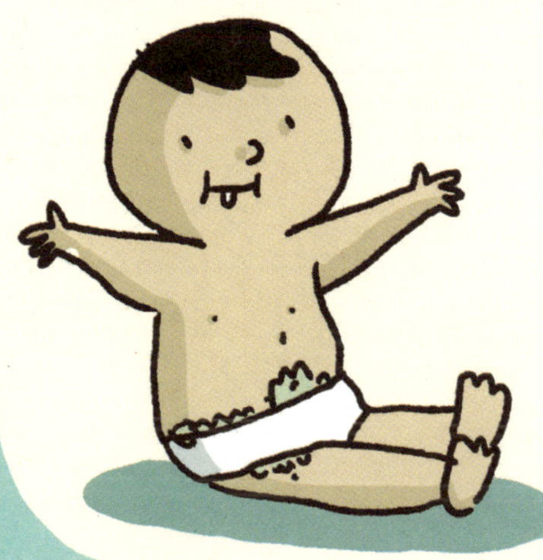

Comme médicament.

Comme enveloppe pour les porte-bébés (c'est doux et confortable).

Près des lichens, on trouve souvent cinq
des petits fruits les plus importants de la
nature canadienne :

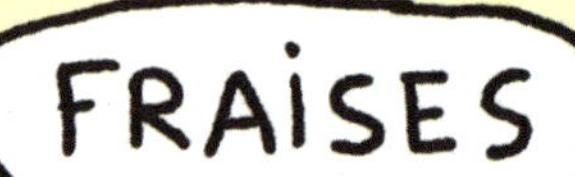

Quand je trouve beaucoup de bleuets, j'aime préparer un

PASHIMINEU,

C'est une bonne façon de conserver les vitamines pendant les longs mois d'hiver.

Je mets les bleuets dans une casserole, sans eau, à feu doux.

Je les cuis jusqu'à ce que le liquide qu'ils contiennent soit évaporé. Je remue souvent.

Quand les bleuets se sont transformés en pâte, je les laisse refroidir.

Puis je mets la pâte dans un contenant hermétique pour la conserver longtemps!

As-tu le bec sucré, comme moi?
Si oui, laisse-moi te présenter l'arbre qui
produit le meilleur dessert de la forêt :

UPUEIASHKᵘ,

l'érable à sucre.

Au printemps, sa sève peut être transformée en un délicieux sirop et en plein d'autres sucreries. J'en fais chez moi avec mon upueiashk^u. J'en ai juste un, mais il est très généreux!

Quand j'ai assez de sève, ou d'eau d'érable, je suis prête à la transformer en sirop.

FAIRE DU SIROP D'ÉRABLE :

1) Je filtre l'eau à travers une guenille propre pour enlever les petites bêtes, la poussière et les branches.

2) Je mets l'eau dans un gros chaudron et je la fais bouillir pendant plusieurs heures.

3) À mesure que l'eau s'évapore, le sirop épaissit. Je surveille bien pour que ça ne brûle pas!

4) Mon sirop est prêt!

On peut mettre le sirop d'érable sur toutes sortes de plats.

Ma façon préférée de le manger, c'est la manière dont ma maman me le servait quand j'étais petite : dans un petit bol avec un bout de pain pour le tremper.

Avant l'utilisation des chaudrons en métal, il était presque impossible de faire bouillir l'eau d'érable, donc on ne pouvait pas faire de sirop. On transformait la sève en sucre, qu'on pouvait transporter plus facilement et conserver longtemps.

On pouvait donner le sucre à d'autres nations qui n'avaient pas d'érables sur leur territoire, par exemple au peuple Inuit, en échange de produits comme de la viande, de la fourrure, etc.

Le bouleau, qui produit aussi un bon sirop.

L'épinette et le sapin, dont la sève nous donne de la gomme à mâcher.

Voici un autre symbole du Canada :

NISHK, l'outarde.

C'est elle qu'on entend crier dans le ciel, au printemps, quand elle revient du sud. Elle vole dans une formation en V. L'outarde a un long cou. Peut-être que Carcajou a trop serré son foulard.

Pour les communautés autochtones,
le retour des outardes est très important.
Il symbolise la fin de la saison difficile,
parfois même la fin de la famine, et c'est

L'ABONDANCE

qui revient.

Voici d'autres oiseaux que j'aime :

KAKATSHU, le CORBEAU.

C'est l'animal qui m'inspire le plus parce que, comme moi, il ricane tout le temps. Il est aussi très intelligent, autant qu'un perroquet! Il imite les sons et se sauve facilement de tous les prédateurs.

PITSHIKAISHKASHISH

(la mésange)

Parfois, elle vient manger dans ma main!

MITSHISHU

(l'aigle)

C'est l'un des oiseaux les plus aimés chez les Premières Nations. Ses plumes sont des cadeaux sacrés.

PINEU

(la perdrix)

C'est la meilleure maman de tous les oiseaux!

Voici un oiseau avec lequel j'ai grandi en Minganie :

MUNAIKUTAN,

le macareux.

On m'appelle aussi le perroquet de mer à cause de mon bec coloré.

Pour lui rendre visite, il faut prendre un canot pour se rendre sur les îles où il vit.

Les canots et les autres bateaux sont très importants pour les peuples autochtones. Autrefois, nous n'avions pas de routes ou d'autoroutes, et nos chemins préférés étaient les rivières, les lacs et la mer.

D'ailleurs, comme ma famille n'avait pas beaucoup d'argent, ma première maison a été le bateau de pêche de mon papa.

C'est près de l'eau que j'ai découvert l'une des plantes que j'aime le plus, le

FOIN D'ODEUR.

Il pousse en touffes près des cours d'eau et ressemble à du gazon géant.

Plusieurs nations autochtones adorent le foin d'odeur et le considèrent comme un cadeau de la nature.

C'est pourquoi, quand j'en cueille, j'en prends peu et je redonne quelque chose à la terre en remerciement (par exemple, je lui donne parfois un de mes cheveux!).

On peut fabriquer des paniers avec le foin d'odeur, et moi, j'aime en faire des tresses pour parfumer ma maison.

① Je le fais sécher, puis je le mouille pour l'assouplir.

② Je l'attache par un bout.

③ Je le tresse, comme on fait avec nos cheveux.

J'adore la mer! On voit tellement de choses quand on est sur l'eau. Voici

MISHTAMEK̆,
la baleine à bosse,

ATSHIK̆,
le phoque gris,

et **KAUT,** l'oursin.
On peut le voir près des îles où le fond de l'eau est moins creux.

NIPA-MIKUAU,
c'est le moment où le ciel est rouge après le coucher du soleil. C'est merveilleux, plus beau que nulle part ailleurs.

Et il y a toutes sortes de **NAMESH** (poissons).

UNUSHU
(la morue)

KASHKANAMEKᵁ
(le capelan)

MAKANU
(le maquereau)

Un des poissons les plus importants pour les peuples autochtones est le

UTSHASHUMEK⁰,

le saumon.

C'est un poisson qui, comme les Innuat, voyage beaucoup. Il se déplace de l'eau salée (la mer) jusqu'à l'eau douce (les rivières).

Chaque saison nous offre une nourriture différente : l'été nous apporte beaucoup de saumon. Pour le conserver quand on en pêche beaucoup, on le **BOUCANE.**

J'adore manger mon saumon avec un morceau de **BANNIQUE,** un pain que mangent presque toutes les nations autochtones.

Voici ma recette de bannique, qu'on appelle

INNU-PAKUESHIKAN.

La bannique Innu est spéciale parce qu'on peut la cuire dans le sable.

INGRÉDIENTS :

De 4 à 5 tasses de farine

2 cuillères à table de poudre à pâte

1 cuillère à thé de sel

2 tasses d'eau

Je mélange le sel, la poudre à pâte et la farine dans un grand bol.

Je creuse un puits au milieu de la farine.

Puis j'ajoute tranquillement l'eau et je mélange doucement jusqu'à ce que ça fasse des bulles.

Ça doit faire une boule de pâte pas trop collante.

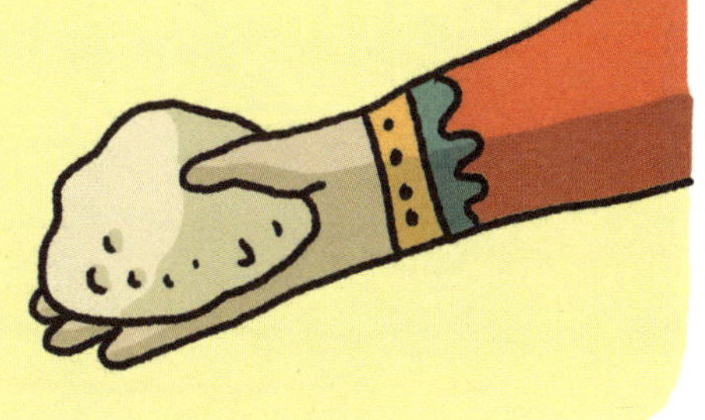

Il ne faut pas la pétrir trop longtemps,
sinon ta bannique sera dure.

On fait souvent cuire la bannique dans
le sable, mais moi, je la fais cuire au
four à 400 °F, de 30 à 50 minutes
(il faut la surveiller).

Je la sors quand elle est dorée.

En voici un qui aimerait certainement
ma bannique avec un morceau de saumon :

MASHKᵘ,

l'ours noir.

L'ours noir est un animal sacré dans ma
culture. Dans plusieurs légendes
autochtones, c'est lui qui a enseigné
aux humains comment utiliser les plantes
médicinales (les plantes qui soignent).

Dans certaines légendes, l'ours peut enlever son poil. Quand il le fait, il ressemble beaucoup à un être humain!

On raconte que les premiers humains seraient nés dans la Grande Ourse, qui est l'une des constellations qu'on peut voir dans le ciel, la nuit.

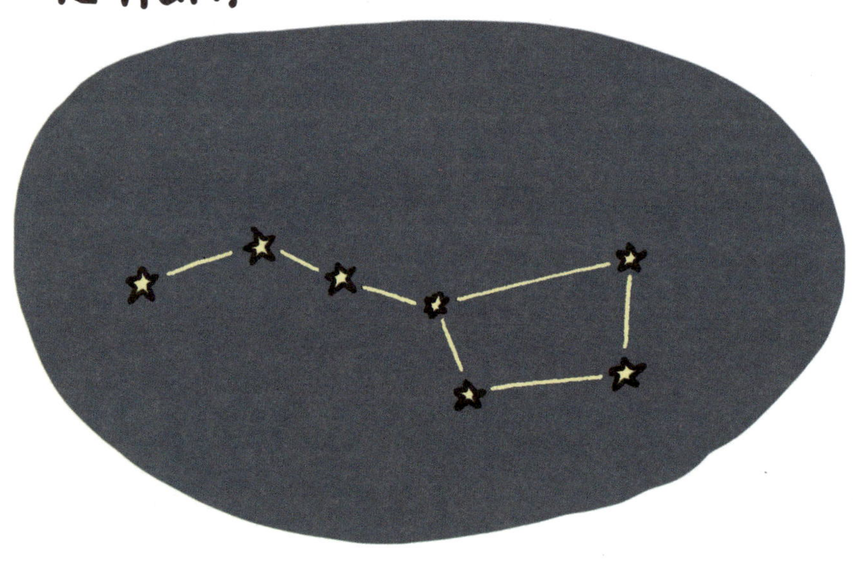

Au début, l'ours et l'humain étaient frères,
mais ils se sont tellement chicanés qu'ils
vivent maintenant séparément.

C'est peut-être pour ça que l'ours hiberne.
Ça veut dire que tout l'hiver, il dort bien
caché dans une grotte ou un trou.

Le symbole de l'hiver, c'est KUN, la neige.

Une des cérémonies traditionnelles que je préfère est celle du

PREMIER FLOCON :

on reçoit un des premiers flocons sur notre langue et on remercie la neige d'être revenue.

L'hiver est une saison importante : la neige rend la marche en forêt plus facile pour la chasse.

Mais chaque saison a son importance.

SHIKUAN, le printemps, ramène la chaleur, les feuilles qui se mangent et les oiseaux migrateurs.

NIPIN, l'été.

Est-ce que j'ai vraiment besoin de t'expliquer pourquoi on aime l'été?

TAKUATSHIN, l'automne.

C'est le temps de la chasse et on retourne sur notre territoire. C'est un symbole du cycle de la nature qui **RECOMMENCE.**

Le cycle de la nature recommence, mais notre promenade, elle, se termine.

Tu as vu comme la nature est généreuse avec nous? C'est pour ça que je veux en prendre

BIEN SOIN.

J'avais MILLE choses à te raconter sur la forêt et la nature, mais je n'ai pas assez de place dans ce livre.

J'espère que tu en découvriras plein d'autres par toi-même lors de tes prochains bains de forêt.

À bientôt!

Melissa

P.-S. Quand on parle de la nature, on pense souvent à la forêt, mais la nature est **PARTOUT** autour de nous!

Pas besoin d'aller loin pour se connecter aux plantes et aux animaux!

MELISSA

Melissa a grandi dans la communauté Innu d'Ekuanitshit, sur la Côte-Nord du Québec. Elle est auteure, réalisatrice et animatrice de radio, et s'attache à partager la culture de son peuple tout en militant pour les droits autochtones. Elle est également la cofondatrice de la section québécoise d'*Idle No More*, un mouvement de contestation politique des Premiers Peuples du Canada. Melissa vit à Granby, au Québec, et *Nutshimit* est son premier livre pour enfants.

Elise a grandi au Québec et a déjà écrit et illustré une cinquantaine d'albums jeunesse à succès. Elle aime utiliser l'humour et la satire pour éveiller le sens critique des jeunes. Elle a reçu, en 2012, le prix du Gouverneur général pour les illustrations de son livre *La clé à molette*. En 2022, elle a aussi remporté le prix Vicky Metcalf pour l'ensemble de son œuvre. Elise habite à Montréal.

Voici quelques mots en

INNU - AIMUN :

Arbre : mishtik^u

Eau : nipi

École : katshishkutamatsheutshuap

Enfant : auass

Fleur : uapikun

Grand-mère : nukum

Grand-père : nimushum

Livre : mashinaikan

Loup : maikan

Maison : mitshuap

Mère : nikaui

Père : nutaui

Roche : ashini

Soleil : pishim^u

Pour plus d'information et d'activités, visitez
scholastic.ca/editions/livres/elise-gravel/

À Pierre-David, Thalia et Elias.
À ma famille et à la nation Innu : merci de
toujours m'inspirer à continuer la lutte.
— M. M. D.

Melissa tient à remercier Yvette Mollen
pour sa relecture experte et pour
sa révision du vocabulaire innu-aimun.

Catalogage avant publication de Bibliothèque et Archives Canada

Titre: Nutshimit / Melissa Mollen Dupuis ; illustrations, Elise Gravel.
Noms: Mollen Dupuis, Melissa, auteur. | Gravel, Elise, illustrateur.
Identifiants: Canadiana 2022046703X | ISBN 9781039701427 (couverture rigide)
Classification: LCC PS8626.045 N88 2023 | CDD jC843/.6—dc23

Édition publiée par les Éditions Scholastic, 604, rue King Ouest, Toronto (Ontario) M5V 1E1, Canada.

5 4 3 2 1   Imprimé au Canada 114   23 24 25 26 27

Mise en couleurs des illustrations : Iris Boudreau.